宿題はやりかけ

由利雪二句集

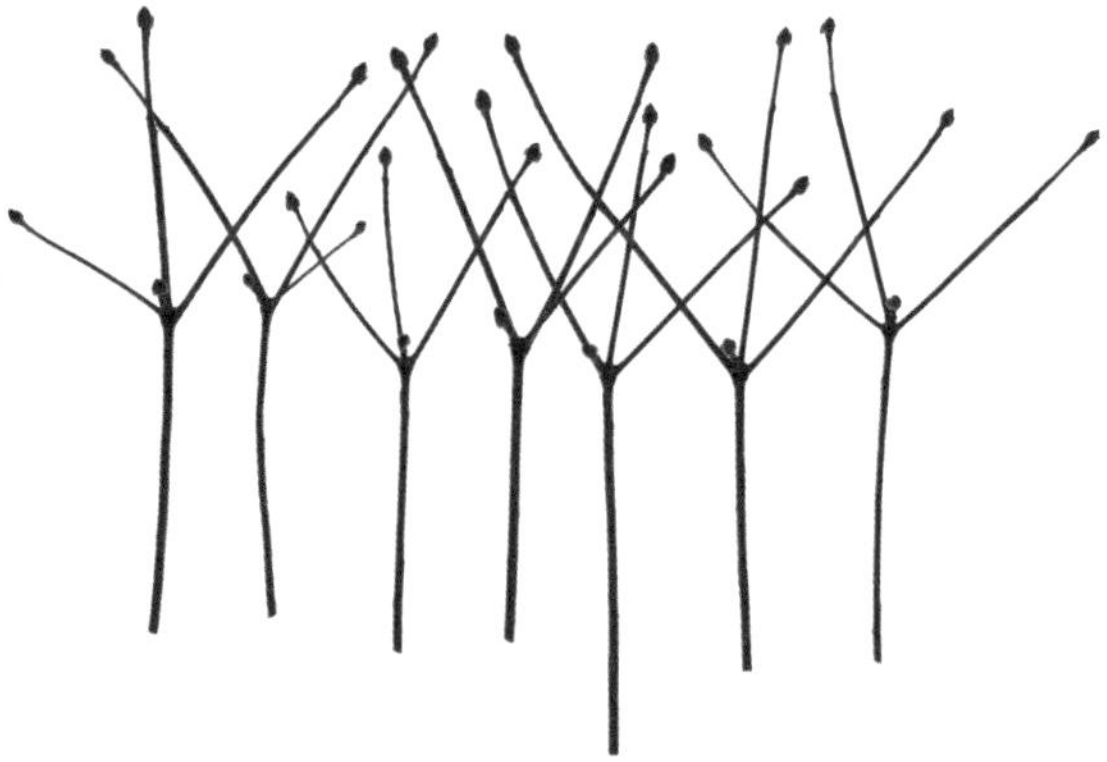

東京四季出版

序句

苺いくつぶか今日は摘めよう義足はく

川戸飛鴻

川戸飛鴻　　臼田亜浪門・石楠同人・白魚主宰

飛鴻先生は、片脚が義足であった。私が中学校から肢体不自由養護学校に職場を替えようと相談に伺ったとき、先師は次のように言われた。

雪二君、僕の脚はこんなだから体の不自由な子ども達を教えたいという君の気持ちは嬉しい。折角決心したのだから、もう一歩踏み込んでみよう。君の俳句は、腰が据わっていない。上手に作ろう、褒められようとばかりしている。障害のある子どもの姿を俳句に詠んでごらん。

爾来、ご指導に従い、かつ「表現は易しく想いは深く」と自分に言い聞かせている。

体力にも腕力にも自信があったので、脚の不自由な先生を背負うのは私の役目のようになっていた。河鹿を聞きに吟行した折、背負った先生の義足の感触は今も掌に残っている。句集にまとめられるほど、子どもの姿を詠み溜められたのは、飛鴻先生に育てられたからある。振り返れば、師恩とは測り知れなく深いものである。この一書を子ども達と飛鴻先生に捧げる。

目次

装幀　髙林昭太
カバー写真　常盤　徹

句集

宿題はやりかけ

一学期

この章には、一学期に生まれた作品を収めた。誰もが経験した少年少女時代の時間が舞台である。学校という特定の環境だけの作品ではない。電車の中や隣町あるいは旅行中に出会った子どもが作中人物である。作品に登場する子どもの姿や影が浮かんで見える作品作りを心がけてきた。

一学期の冒頭の一句は、京都聖母学院小学校の入学式に新任の理事として出席した時の作品である。

学校の中だけではない。下校途中の小学生と仲良くなり、一緒に川に浮く鴨を数えたこともある。春夏秋冬という季節の移り変わりよりも、各学期とそれに続くそれぞれの休みの方が、作品の整理をしやすかった。俳人としては、あまり威張れた話ではないと思う。

俳句手帳を持っていない時は、教務手帳に出来た句をメモっていた。子ども達を眺めながら、教務手帳に出来た句を書いていると、「えんま帳に書いている」と覗きにくる生徒がいた。教師としても、威張れた話ではない。

小学生の頃は、合歓の花が咲きだすと嬉しかった。もうすぐ夏休みが来る。そう思うとどきどきするほど嬉しかった。老人の今でさえ嬉しく楽しい。

地の塩になるときらめき入学す

祝辞持ち峠の花の学校へ

気にし続ける靴の大きさ入学す

入学式の木椅子のきしむ春の雨

もう友達入学式の雨の下校

雨の夜の膝に子猫と木こりの子

下校子のいっとき途切れ夕桜

下校子に提げられ抱かれ春の猫

花明りして図書室に見知らぬ児

花の門開けて見かけぬ児が笑う

肩組んで何時も友達春夕焼

忘れ物の鞠に犬の名春夕焼

一人帰り喧嘩が減りぬげんげん田

転んだら泣くのが決まりたんぽぽ野

給食のごく僅かなる木の芽和え

給食の苺は数え損なわず

遠足のバスに見せ合う力こぶ

降りるまで遠足のただ喧しく

あかんべの仲良しごっこ春帽子

鼓笛隊だけの校庭春夕焼

親鴉の低空飛行下校の列

子烏へ拳突き出し女の子

抛りやすく夕焼やすしランドセル

遠回りすれば夕焼捕虫網

夏至の午後鉄棒はみなシャツ干し場

夜の雨蛍籠まで買ったのに

放すのを覚えて夜ごと蛍の火

もう寝よの三度目の寝よ蛍籠

かぶと虫好きで無遅刻無欠席
かぶと虫逃げて誰とも口利かず

夕焼の鉄橋渡る試験明け

向日葵や明くる日もまた忘れ物

おさなごと犬を地上に揚羽高し

昼寝子に仕えて犬のまた薄目

何時の間にか水が夕焼け夏帽子

絵日記もう海外旅行合歓の花

夏休み

　国民学校の頃から、学校が好きで苛められようが叱られようが学校へ行った。内弁慶ですぐ泣いていた。泣きながら喧嘩をして勝っていた。友達と喧嘩をし刀の鍔でなぐられ顔を腫れ上がらせ母親を心配させたこともある。夏休みは、隣町の学校の子どもとも遊ぶ。当然喧嘩の機会も増える。喧嘩をしながら友達を増やしていった。そんな記憶から、「夏休みの子ども」を見かけるとしげしげと観察してしまう。

　ほとんどの学校が、林間学校や臨海学校を実施する。こうした集団に出会うと時間を忘れて眺めてしまう。子どもの姿を通して自分の記憶の楽しい時間が甦ってくるのだ。

　屈託なく遊んでいる子どもの姿は楽しい。呼びかけあって集まってくる声は、聞く者の心を弾ませる。泣いていても笑っていても大人の心を揺さぶる。「遊びをせんとや生まれけむ　戯れせんとや生まれけむ　遊ぶ子どもの声聞けば　わが身さへこそゆ揺るがるれ」（梁塵秘抄）であろう。

　俳句は易しく、楽しく、優しいのが佳いと思い込むようになったのは、教育の場にいたためである。

大阪聖母学院小学校林間学校　六句

湖心への朝風に乗りヨットの子

父母のもと離れ洗濯合歓の花

一口ずつ回す水筒夏の雲

ことごとく耳に松籟昼寝覚め

林間学校いくつも白き足の裏

岬へ転舵林間学校明日終了

このところ何でも秘密天の川
泳ぎ子のおのおの光り川風に

何処からか少年の湧く青薄

花茣蓙や受験雑誌へうつぶせに

抱き上げし髪に祭の屋台の香

なによりも好きな祖父の背祭笛

花柄パジャマ蜻蛉の抜ける部屋に覚め

葉陰に空あればどれにも青林檎

子が待てば流れる気配山の星

幼きは次の流星待ちきれず

二学期

二学期には、運動会・文化祭・修学旅行と行事が目白押しである。

先生方の研究会活動の集まりも二学期には多い。東京都には盲学校やろう学校それに養護学校の教職員からなる給食研究会がある。この会長に立候補した。「児童・生徒より給食が待ち遠しい先生です」という栄養士の推薦の辞が功を奏してか念願を果たした。給食主任や栄養士それに調理員の方々に教えてもらう楽しさは忘れがたい。『食いしんぼ歳時記』なる随筆をまとめられたのは、彼女たちのおかげである。

養護学校の開設を担当した時、栄養士と調理員探しから始めた。「さすが大校長」とか、「なにくいしんぼうなだけさ」と評価はさまざまであった。

新設校は、高等部単独校なのでバイキング形式の給食を工夫して出して貰った。生徒の喜びようは大変なもので今でも目の奥に残っている。給食は、何があろうと食堂で生徒と食べた。食器を下げるとき調理員と味談義をするのも楽しみだった。彼女達は、給食のトレイを生徒に渡すとき、なにやら呟き振りかけるような手つきをする。聞いていると「愛情」と言っている。最後の味付けのつもりのようだった。

茸狩苛めたあいつまで連れて

境内の樹上に少女鰯雲

校庭は花野の続き下校ベル

宿題はやりかけ林檎かじりかけ

フォークダンスの広げたる輪へ秋の風

紅白リレーのしんがりに父鰯雲

一条ずつ下ろす秋風万国旗

夕焼が蓋して終わり運動会

秋夕焼遊び上手がひとり抜け

不意に来る遊びの終わり秋夕焼

肩組みに少年が来る雪ばんば

尾を太く描けば狐や木の実独楽

冬休み

年末年始を雪の乗鞍山中で過ごすことが多くなってから久しい。山の暮らしに憧れ、山小屋を建てた。余生は山中ですごそうと思っていた。俳句のお陰で余生が来ない。投句締切日までは、選句。投句が揃うと乗鞍山中に籠もって選評を書き、山菜採りに明け暮れる。野ねずみのおばあさんの額ほどの畑にキャベツを育て、南瓜を育てている。猿が群でやって来て持って行ってしまうのが癪の種だ。

今は市となったが安曇村の頃は、子どもも沢山いた。雪のない時期は山小屋の前の道を歩いて通学する姿も見えた。

雪を戴いて青空を飾った乗鞍岳は、それだけで俳句の題材になる。これに子どもの姿が加われば格好の被写体が生まれる。。住み慣れてきて山の子とも言葉を交わすようになった。山国の子どもには、都会の子には見られないはにかみと笑顔がある。山小屋の近くに保育園や小学校の分校がある。

私の山小屋の地主のお嬢さんに上松秀子さんがいる。小学校高学年の時乗鞍のスキー大会で優勝した。優しいが活発な少女であった。それが今では中学生の母である。私はと言えばスキーを履けぬ歳になってしまった。

冷たき頬つつきてメリークリスマス
クリスマス抱き上げてすぐ肩車

光あれと始まる聖夜朗読劇

聖夜劇白布を巻けばみな天使

聖夜劇羊はどれも一年生

世の終わりまで仲良しと聖樹仰ぐ

大小の雪靴赤が土間に満ち

雪散るや罠かけに行く六年生

変声期来ている新年おめでとう

賀状束の一番上のクレヨン画

一列にどの児も正座春小袖

年始まるこの児も向い風が好き

初晴を帽子投げあげ投げあげ来る

凧渡しそれより手ぶら山の晴

包装は街のデパートお年玉

呼鈴は年少組の年賀客

独楽回す事も教えてお年玉

高嶺村羽子をつくためめ雪かいて

勝ち負けも墨付けも無き羽子日和

次の間の静かな子どももお元日

風船を持たせ二日の肩ぐるま

春着の子袂ひろげて会いにきし

春着子の彩の散らかるよう遊ぶ

芹なずな五年会わざる卒業生

卒業後どの子も元気福達磨

おさなごの唇に木の匙なずな粥

瞬いて泣くのを我慢竜の玉

少年老いやすく飾られて凧所在なし

三学期

三学期は、卒業式のためにある訳ではない。にもかかわらず、心のどこかにそんな印象が染みついているようで落ち着かない。ことの軽重を量り違えているとおもうことしばしばである。卒業式は一人ひとりの教育の締めくくりの儀式にしか過ぎない。しかしながらと吐息をつく。他の学期に比べて、日数的には短い三学期の俳句の数が多いのはどうした訳だろう。卒業式は教育の旗印なのだと言い聞かせている。日本の季節の中にしっかり根付いた行事なのであろう。時期が変われば、卒業という形の別れにも影響が出る。

旧民法時代の「大掃除」は三月と決められていた。法律が変われば俳句にも影響が出る。私達の国は、かつて暦を替えた。季語の世界は、ダブルスタンダードの世界である。

教育制度が変われば、行事の季節も変わるだろう。別れと出会いは、春によく似合う。咲く花や吹雪く花の光景が思いを深める。

しかし、教育制度が変わり、卒業式が春でなくなり入学式が秋になるかも知れないと、とりとめのない想いにとらわれ、春愁が湧いては消える。これは変わらぬ想いだろう。

背伸びして鴨を数えぬ下校子と

下校子の消えし川筋浮寝鳥

きかんぼの癖に泣き虫成人式

大病の後の冬晴登校す

京都聖母学院小学校　餅つき　八句

臼洗う一年生にせがまれて

整列の児に白息のひとつずつ

担任の臼に礼して搗きはじむ
餅搗きのしばらく臼が白息す

児の肩を叩きて杵の数かぞう

がやがやと無数の息の餅むしろ

延ばされて餅新たなる白を得し

六年生が臼運び去るもうすぐ春

皆帰りうしろの正面冬夕焼

下校ベルおもしろそうに雪が降り

ゴム跳びの髪に風春来つつあり

口笛が呼び出す草の芽のあれこれ

遊ぶため集まり喧嘩蕗の薹

初蝶を飛ぶまで眺め下校の子

よりあいて離れて下校柳の芽

突っきりてきて合格と早口に

首筋の幼なの五指のあたたかし

腕の子に貰う綿菓子春祭

ジャングルジムの底は下萌え日が届く

ブランコの空のいよいよ濁り出す

春風や腰の高さの髪撫でて

灯の窓を残して下校沈丁花

長髪の中の丸刈り卒業す

卒業の握手肉厚次々に

まだ頬がふっくら卒業式は明日

春風や答辞終えたる丸坊主

卒業歌力みて誰も紅潮す

斉唱の後の静寂卒業式

卒業式終わり太陽新しき

卒業証書渡しおえたる手を空へ

ひっそりとなみだ不思議にあたたかし

かたまってなかなか散らぬ卒業子

春休み

春休みは、終わりと始まりが同居している。終わりが始まりにバトンタッチをしている。花や風が別れの思いを飾る。ものごとの始まりは、わくわくする想いに支えられる。始まりの前のわくわく感は、始まると意欲や闘志に変わっていく。始業式入学式の準備にはこの楽しさがつきまとう。風まで三月と違い背中を押すように吹く。

不思議なもので、小学生も中学生も高校生も表情を変えている。駅頭で、車内で、出会ったそれぞれの表情は楽しい。

最後の勤務地は、都内の養護学校であった。生徒のひとりが私のことを「由利校長先生」と生真面目に呼ぶ。校内なら、「由利校長先生おはようございます」と挨拶されると、「おはよう」と気軽に返事ができる。駅の雑踏の中では、こう大声の挨拶をされると、辺りの人並みが停まり振り向く。可愛いがやはり気恥ずかしい。彼の大きな体を見つけるとなるべく見つからないように歩いた。思い返せば、まことに面目ない。みなと障害者事業団に通うようになって、呼び方は勉強し「由利さん」に変わってきた。嬉しいような淋しいような、不思議な気分である。

春の絵本開けばケーキ立ち上がる

籠をこぼれ摘み草志半ば

二日続きに擦りむく春の膝小僧

綿菓子は右手左の手に子猫

知らぬ児の増えしゴム跳び沈丁花

いつまでも影踏み遊び桃の花

大縄飛び終えて鎮まる春の髪

ゆがみても石蹴りの輪に他ならず

海苔巻を配りに渡る春の水

蕗の薹水跳べば水奔り去り

ひらがなの名札に満ちて春の土

しゃぼんだまひたすら明るい方へ吹く

猫の子を抱き明日から小学生

腕の子の数唱に和し陽炎へ

春愁やむかし登校拒否が一人

心身障害教育歳時記

目黒サレジオ中学校は、私が教員として歩みはじめた学校であり、心身障害教育への道を拓いてくれた学校である。この学校に体の不自由な生徒が転校してきた。教頭のスミス神父の生徒への接し方を見て教育の基本を教えられた気がした。と同時に「手足の不自由な子ども達は何処で学んでいるのだろうか」と思い、盲学校やろう学校それに養護学校を見学して廻った。疎開先で出会った知恵遅れの児や鉱石ラジオの組み立てを教えてくれた松葉杖の友達を思い出して心が揺らいでいた。校長のピサルスキー神父に心身障害児の教育にあたりたいと話したところ、「本校にとっては残念なことだが、日本の教育のためには引き止めがたい」と温かい対応をいただいた。私が心身障害教育の道を歩けたのは、この学校あってのことである。改めて感謝の心が湧いて来る。

中学校時代担任した常盤徹が、俳句の同行者に加わってくれた時は嬉しかった。彼の写真で「からまつ」誌の表紙を飾り、それを誰もが楽しみにしてくれているのも嬉しい。またこの句集の表紙を徹の写真で飾れるのは、とても嬉しい。教師冥利に尽きるとはこのことであろう。

目黒サレジオ中学校　十四句

春の月宿題を出し過ぎしかな

遅刻してなりたきものに揚雲雀

いつの間にか水が夕焼け夏帽子

下校して蟬の大樹の残りけり

炎天やあいつは今度こそ本気

炎天や夏は先生まで泳げ

集合の笛が河原へ緑陰へ

号令の途中で走り出す緑陰

日焼けして遅刻常習犯笑顔

夏帽子みな水影に脚垂らし

水飲んですぐ十月の碧空へ

石抛げて帰るを忘れ水の秋

受験期の寒星標的としてうるむ

追い越して白息を濃く登校す

都立光明養護学校　十八句

桃の花記念写真の一人欠け

給食のパン柔らかに春の指

春の雪なだめすかしてまた算数

沈丁花静かな夜の小鳥小屋

先生が手を添え春の逆上がり

髪の泥手の泥春の泥乾く

鳩鳴いて誰かがまねしおり晩春

鉛筆にためらわず載る天道虫

授業崩壊たかが天牛一匹で

先生が声足して九々雲の峰

万緑の風の底押す車椅子

背の汗の手足疲れる気配かな

松葉杖徹頭徹尾汗し来る

児が倦めば言葉授けに朴落葉

木の実降る子の孫の子の世は平和

松葉杖もろとも抱く雪が来たぞ

片手両手利く手に配る雛あられ

父母に息整えて卒業す

都立町田養護学校　六句

一年生にかがみて話す花みずき

つばめ来とまず挨拶の遅刻の子

河原ぐみ学帽も手も受け皿に

碧空の終わりは日暮れ林檎もぐ

雪解しずく歌うよ車椅子拭けば

天職得よ片脚立に春の虹

都立久留米養護学校　八句

からめきし児の春愁の腕固き

それぞれに乗る雲を得て卒業す

あやとりの糸残るみな昼寝して

忘れ物の黄色い帽子桜しべ

三人の一人が睡り露の玉

病む者に野は湧くごとき良夜かな

飾り凧この児の手足風を知らず

階前の梧葉や飾り凧仰ぐ

教育庁学務部就学相談室　八句

学校建設論じ白息太く濃し

父母の悲しみ聞くための耳暦買う

就学通知春三日月はまだ細身

入学す診らるる息をかすかにし

手を上げて校長が待つ野菊晴

兵庫県立小野養護学校訪問

触らせて自己紹介や春隣

都立八王子盲学校訪問

教育庁を辞す

たれかれとなく握手してあたたかし

給食の先割れスプーン明日四月

都立綾瀬ろう学校　十句

あいさつのはじめは母音あたたかし

学期始まる桜は紅を深くして

生徒みな膝やわらかし花あけび

補聴器に雄鶏の声春惜しむ

夏手袋手話はじまりて卓上に
指さして秋草の名を称えあう

木守柿停学を今日の午後に解く

補聴器を祈る姿にあたためぬ

都立綾瀬ろう学校を辞す　二句

最終巡視雁仰がんと屋上に

一巡の後の校舎の秋の雨

新設校開設準備室　四句

両の手を握れば拳冬はじまる

はるかより冠雪の富士檄のごとし

校歌の一節に俳句

茶の花のどの青空も測られず

すべて分かつ汗することも喜びも

都立田無養護学校　十句

遠くよりあげし朝の手春始まる

桜しべ敷きて校門もう元気

駅までと傘に誘いぬ桜しべ

迷い子猫の校内放送桜しべ

まっすぐに目を見て春の廻れ右

挨拶の前に息吸い日焼けの子

握手せし手を振り遠し日焼けの子

金木犀挨拶はまずえくぼより

秋深む一針ごとに顔あげて

梅散るや分かれるまでにあと七曜

都立港養護学校　三十二句

春の虹どの子の名より覚えようか

叱りしを春の下校の肩ぐるま

校長も水鉄砲を隠し持つ

児の息を封じてしゃぼん玉みどり

燕あおぐ泣顔のあと真顔にて
かきあげし髪にとどまりリラの花

今刈りし牧草の香を駆けくだる

霧の香をつけて巻毛の濡れていし

狐が靴を咥《くわ》え去る宿夏の霧

恋歌の巧き生徒がいて涼し

青年の汗の笑顔の匂うごとし

秋風とゆくブランコの背を押しに

一語区切りの校内放送鵙日和

木の実降る遊びつかれて最後尾

劇の児の科白を真似し日向ぼこ

模擬店の生徒のえくぼ冬あたたか

風やわらか卒業の子に腕組まれ

約束は大事な言葉春の雪

くすくすと膝に児が増え紙ひいな

ゆっくりと減りゆくサラダ春の雪

春の雁かぶり上げれば髪が揺れ

くちもとのまだ笑いいる遅日かな

高階より降りくる我が名卒業期

呼ばれれば我が名は良き名卒業期

天職に児を負い抱きぬ弥生尽

残業もすると胸張り卒業す

海の星瞬きて春深みゆく

草の芽の影睦みあうそここに

別れとは逢うまでの刻花こぶし

どこまでも春星いくたびも別れ

退職辞令を受く　二句

流れてから独りの巡視春の星

扉を閉めて校長室に春の闇

ちひろの絵

子どもをモチーフにした作品集をまとめようと思い立ったのは、長野県の安曇野美術館を訪ね、いわさきちひろの絵に出会ったときである。卒業生の中村美生の車椅子を押しながら一枚ずつ見て廻った。美生は優しいからずっと私につきあって見て廻ってくれた。

ちひろは、子どもの年齢を描き分けると聞き、ちひろの絵に会いに出かけたのである。絵と対面するとまさにその通り。予想以上の感動を受け、以前よりいっそう幼児・児童・生徒の作品を残すよう努めた。

ちひろの絵の章は、子どもの横顔を作品にしようと思い立って詠み、まとめて発表した作品を収めた。中に一編だけ、恩師鈴田克介先生のご逝去を詠んだ六句がある。卒業生の多くが集まりお別れをした。参列出来なかった者達からの無念の声を再三聞いた。高校一年の国語科担任であり、教頭としてご退職になるまで同一校に勤務された。卒業後も私の文学への目を開いて下さったかけがえのない先生であった。

やや長き絆の袖を気にしつつ砂丘くだれば咲ける浜木綿　　鈴田克介

今も口に上ってくる一首で、お若い頃の作と伺っている。

退職後初めて都立港特別支援学校の入学式に列席す　八句

風となり空触れに来る朝桜

校長が拍手先導入学式

つぎつぎに息吸い起立入学す

花の冷え校歌最初は口の中

校門に桜散らしめ校歌斉唱
校庭の下萌え明日が香り出す

花散るや校舎掠めてモノレール
刻いつも駆け足今日は花吹雪

卒業生中村美生のはぁとぴあ原宿入所を祝し
美生との数々の旅を回顧す　十二句
甲斐一宮果王国

茄子胡瓜まで漕ぐ風の車椅子

矯正靴の膝に竹籠茄子胡瓜

桃の香の指拭いやる風の樹下

桃の実や髪の羽ばたくまま睡り

甘ったるく死力をつくし桃匂う

冷えること風に倣いて桃実る

遠嶺快晴息かけ磨く青林檎

どの桃の香か呼んでいる空の碧

卒業生の中村美生と雪二

いわさきちひろ美術館

母の血の豊頬に風山竜胆

美術館めぐりの髪へ油蟬

祝　自立の門出　美生の母上に

家を出て会う風みどり車椅子

桜しべ何処かできっと泣いたはず

国民学校三年生の夏終戦　八句

よく晴れてまた暑い日の少国民

日暮まで客間は無人敗戦日

ススメススメヘイタイススメ敗戦日

敗戦日風呂焚きながら母が泣く

空襲はないはず揚羽蝶採りに

のらくろを広げて灯火管制なし

群れて翔ち精霊蜻蛉帰還せず

英霊の額は外さず夏終わる

恩師鈴田克介先生を悼む　六句

訃報来る炎天のビル棒立ちに

合歓咲くや帰天と言えど別れにて

詩編もて通夜始まりぬ夏手袋

分けへだて無くて師恩も梅雨冷えも

師恩はるか寂かに長き天の川

思い出すごとくに停まり走馬灯

身辺赤子誕生続く　十句

あかんぼのための地球の春あけぼの

生まれたてのこぶしに遠し春の雲

生まれ出てもう体内へ春の水

安産や玻璃戸より蝶入れしめず

新生児室春のガーゼをふんだんに

春の灯の指の楽しき赤ん坊

あかんぼをあやせば藤の咲く気配

あかんぼの睡りがこぼれたんぽぽ黄

乳母車より片手が覗くげんげん田

苺洗う赤子のごとき水の玉

原爆忌　八句

行水や包みて渡す赤ん坊

乳の香の好きな猫の子灯火管制

空襲のまっくらな夏乳飲ます

乳の香を守れる団扇防空壕

あかんぼの眠りて汗の指離さず

夏の夜や抱きしめ抱きしめ死者にせじ

母と燃え還らぬ巻毛広島忌

生前の赤子の重み八月来る

跋

――いのり――

中村二三恵

主宰は山が好き、海が好き、それに超食いしん坊。子どもの心に宿る好奇心と遊び心を忘れないおとなであり、それに体力もともなっていた。酒にもタバコにも、マージャンにも。ゴルフにも時間を使わない。机上の仕事は、すばやく片づけて自然の中へ、それが俳人と校長先生の二足のわらじを履きこなす由利流の生き方であろう。

句集『宿題はやりかけ』は、天職として半生を捧げた教師らしく構成も学校生活の一年の流れに沿って進められている。

主宰の幼少の頃は戦中戦後。決して恵まれた社会ではなかった筈だが、比較的心豊かに自然を学習できる環境の中で過ごされたのではと思われる。

今、目の前の子どもを詠むさいにも、少年時代の記憶が投影され、より深みのある句となっている。

由利先生の授業は上から目線でなく、横並び。子ども達は遊んで貰っているつもりだ。俳句指導に於いても、主宰の教え方には誰でもまねできない魅力がある。初心者は引き込まれ、その気にさせられてしまう。

子どもを詠んだ句といえば、母親や祖父母の心と視線ですくい上げた作品にはよく出会う。しかしこの句集のように教師の、時には隣人の視線で子どもを眺めた作品は少ない。

先生が声足して九々雲の峰

あいさつの初めは母音あたたかし

校長も水鉄砲を隠し持つ

養護学校の句なども明るく子どもへのいとおしさがにじみ出ている。いわさきちひろの絵に共感することのしきりであった主宰である。

句集『宿題はやりかけ』に登場する全ての子ども達、いや地球上の全ての子ども達のために、声高ではないが平和への祈りは絶えることがない。

木の実降る子の孫の子の世も平和

解説

一学期より春休み

小島敏弘

雪二先生との出会いは、日の出町立平井小学校で私が初めて障害児学級の担任になり、指導主事として私を指導してくれたときです。

日の出町にとって初めての心身障害学級の設置でしたし、就学・転学の相談も初めての体験でした。そのころの指導主事は、ネクタイを締め背広を着て、教室の後ろで授業を見て感想を言うのが普通でしたが、雪二先生は来たとたん教室の隅で背広を体操着に着替え、子どもの手をとって遊びはじめ時には給食も一緒に食べて、帰るときには「この子の指導はここに課題がある」と具体的に指導法も一緒に考えてくれました。最後に、とても優しいまなざしで「マ・せんせい・頑張れ」背中を叩いて帰られるのが常でした。

それから二十年の時が流れ、幼稚園から短大まである大きな学校法人の聖母女学院で、人事・労務担当理事をされていました。

ある日雪二先生が幼稚園の子どもと手を繋いで歩いているのに出会いまし

た。「どうしたのですか」と訊くと「遠足につれて行ってもらったんだよ」と、とてもうれしそうに言っていました。それで味を占めたのか小学校の林間学校やスキー教室にも、よくついてこられました。特に食べ物のある行事には積極的に参加していたような気がします。

湖心への朝風に乗りヨットの子　雪二

琵琶湖の林間学校で子どもと一緒にヨットを操縦し、船の虜になり、小型船舶免許一級を取得してしまい奥さんをはらはらさせています。

児の肩を叩きて杵の数かぞう　雪二

子どもの餅つきを、応援しているようでもあるのですが、むしろ餅ができあがるのが待ち遠しくて、たまらなかったのではないかと思えてなりません。子どもと接している時の雪二先生の嬉しさが全身から滲み出ています。周りから見ていると、子どもと同一、融合しているように見えました。それは、私が童話や絵本で知っている良寛を彷彿させるものがありました。

これからも、雪二先生独特の優しさが生まれる作品を読ませて頂くことを楽しみにしています。

心身障害教育歳時記

――心身障害児教育における由利雪二主宰の俳句に学ぶ――

小林港子

心理学などの進歩によって科学的な側面からの支援が心身障害児教育に大きく寄与してきたことは間違いない。更に、教育の質を高めるために文芸的な側面など、科学以外の様々な側面からの支援が強く求められている。そのような折、由利雪二主宰の子どもを詠む俳句は、この教育の豊かさの形成に大きな希望を提起してきた。その幾つかの提起を紹介する。

一、作句活動がもたらす教育への効能

子どもを対象に詠む俳句は、大切な子どもへの愛を更に深める。愛犬を俳句に詠めば、更に可愛くなるのと同じで、俳句に詠むという主体的活動によってその対象への思いが強まるのである。子どもの正しい理解を作句により補うことができる。子どもの正しい理解は、教育の始まりである。子どもの発する表情や仕草を的確に把握し、表現する作句活動は、子ども理解への観察眼を磨き上げる。この研ぎ澄まされた観察眼は、教員から子どもへの働き掛けを的確なものにする。

二、作句活動により培われる伝達力の向上

作句活動により得られた伝達性の高さは、そのまま、日々の学校生活に活用できる。俳句では、五、七、五の文字で読者にはっきりと内容を伝えることが求められる。これは、心身障害教育に求められていることと重なる。教育は、子どもと教員との相聞である。子どもを詠む活動は、この相聞を豊かに稔らせる。「叱りしを春の下校の肩ぐるま」この子どもにとっての肩車と肩車をした教員との相聞は、この句によって更に深められ永遠のいのちを得るのである。この他、学校の経営者として、保護者への挨拶、教師へのねぎらい、地域社会への感謝など俳句を詠んでは贈られていた。

まとめに代えて、俳句を贈られた子どもや保護者に触れる。書にして捧げられた俳句は、子どもとその家族をも巻き込んで、育つ喜びを分かち合う機会を作ったに違いない。この喜びの情動が学習のエネルギーとなる。学習や発達を支えるには、この情動の働きが不可欠である。この情動が家族を巻き込んで助長されるのである。「かきあげし髪にとどまりリラの花」この句を贈られた女生徒や保護者は、どれほど喜ばれたことだろう。

ちひろの絵

河野　翔

由利主宰の代表作といえば、句集『花こぶし』と句集『乗鞍高原の兎の足跡』が挙げられよう。前者は主に児童・生徒をモチーフにした俳句集、後者は、主宰の棲みなれた山荘の四季折々の生活を詠まれた叙景及び抒情句集である。いずれも異なる魅力がある。どちらかと言えば、私は主宰の児童・生徒の俳句に、より強く共感している。

人間愛に溢れる主宰の子供俳句は、いったいどのような背景で生まれるのか。私の推定するところでは、第一に臼田亜浪を師とする川戸飛鴻の薫陶を受けた主宰の、自由・平等・博愛の思想が根底にあるだろう。第二に主宰の生来の資質と体験、学業特に大学で培われたキリスト教の影響、第三に障害児教育の現場で培われた児童・生徒との心のふれあいが主に挙げられよう。障害児教育の現場での児童・生徒との心のふれあい、これこそが主宰の子供俳句の核心である。それは、主宰の分け隔てなく子供たちへ溶け込んでゆく大らかさと細やかな観察、そして実に丁寧な意思疎通にあるといってよいだろう。一人ひとりに分かり易い言葉で、思いを込めて話される。相手から決して目線を外されないのだ。それにもう一つ、主宰の並大抵ではない忍耐力と包容力である。型にはめない、個性を伸ばす指導・支援の源泉でもある。

由利主宰は、子どもを見事に描き分ける「ちひろの絵」と対面するため、長野県北安曇郡松川村の「安曇野ちひろ美術館」を訪ねられた。本章はまさにそのことに由来する。主宰はこれを契機に、幼児・児童・生徒を詠まれた作品を纏める気になられたという。画期的なことである。

いわさきちひろは、宮沢賢治やアンデルセンのヒューマニズムの思想に共感し、常に「子どもの幸せと平和」をテーマに童画を描き続けた画家・絵本作家なのである。ちひろの絵には、その大胆にして繊細な表現力で、子どもの内面、感情や意思までも描き出されている。本章では、主宰が詠まれた卒業生の中村美生の句、港養護学校の入学式の句、終戦後国民学校三年生時代を回顧しての句、身辺の赤子誕生の句、原爆忌の句等が収められている。主宰の卒業生への優しい眼差し、障害児教育の現場、命の誕生への讃歌、ちひろの人生に相通ずる反戦への強い思い等が伝わってくる。

あとがき

――少年老いやすく――

中学校から肢体不自由養護学校という未知の世界に入った。それは遙かな昔、気がつくと階前の梧葉すでに秋声。子どもをモチーフにした作品集を纏めることを思い立った。

心身障害教育の振り出しは光明養護学校、そこで担任をしたのが、からつ集の選をしてくれている中原徳子であった。大学卒業後しばらくしてから、「俳句をやりたい」と言ってきてくれ、この道の同行者に加わってくれた。光明養護学校は、卒業生に「萬緑」同人の花田春兆がおり、教員にも教頭の佐藤彪也先生をはじめ俳人が多かった。光明を振り出しに長らく心身障害教育を担当して来たので、作品には障害のある子どもの句が多くなる。そんな私の目を広げてくださった方がおられる。

学校法人聖母女学院の理事長シスター真隅貞子先生の教育観と姿勢に深い

感銘をうけた。自校の子どもだけではなく、子ども全てに関心を持ち観察する姿勢には、共感することしきりであった。「一学期より春休み」までを構成出来たのは真隅理事長の影響に因るところが大きい。

跋の執筆をお願いした中村二三恵副主宰は、光明養護学校の保護者で、私の俳句に対する姿勢をよく理解してくれている。解りやすく優しい作品には多くのファンが付いている。私の願う「言葉は平明に、想いは深く」を実践していてくれる得がたい同信である。

この句集は内容が解りやすいだけでなく、表記法も現代仮名遣いと常用漢字を中心に使用している。教え子達と同世代に読んで貰いたいと願って作句してきた。さらに「心身障害教育歳時記」の章に在任した校名を前書きとして付しているのは、卒業生に読んで貰いたい願いを込めているためである。

解説は、「一学期より春休み」までを大阪聖母学院小学校長を務められた小島敏弘先生にお願いした。「心身障害教育歳時記」は、都立港養護学校で苦労をともにした小林港子同人会副会長に引き受けて貰った。連作形式の「ちひろの絵」の章の解説は、河野翔同人会長に受け持って貰った。誰もが経験していて誰とも同じでない大人になる前の世界と向き合った私をどんな風に解説してもらえるのか、楽しみでもある。

最後に、腰の重い私の背中を押して、この句集を纏めさせてくれた東京四季出版の西井洋子さんに深く感謝していることを書き添えておく。

生来整理整頓が不得手で、そのうえ加齢という言い訳ができる今となっては散らかり放題の作品が並ぶ。人生の宿題、一夜漬けで仕上げているような気がしている。

宿題はやりかけ林檎かじりかけ　雪二

平成二十六年十月七日　あけぼの書屋にて

由利雪二

著者略歴

由利雪二（ゆり・ゆきじ）

高校一年生の時、国語科教諭徳田幸介先生に俳句の手ほどきを受ける。大学一年の時、臼田亜浪門の川戸飛鴻主宰の「白魚」に入会。のちに「白魚」同人。

川戸飛鴻先生没後、後継誌「落葉松」に同人参加。翌年創刊主宰金子青水病没。「からまつ」主宰を引き継ぐ。

俳人協会会員。

著作　句集　『塔のある位置』『花こぶし』『乗鞍高原の兎の足跡』
　　　評論　『ひきかえしていった車椅子（花田春兆小論）』
　　　随筆　『食いしんぼ歳時記』
　　　詩集　『安曇村の胡桃の木』

現住所　〒三五二―〇〇三二　埼玉県新座市新堀二―一〇―三

俳句四季創刊 30 周年記念出版　**歳華シリーズ 17**

句 集　**宿題はやりかけ**　しゅくだいはやりかけ

発　行　平成26年10月7日

著　者　由 利 雪 二

発行者　松 尾 正 光

発行所　株式会社東京四季出版

〒189-0013 東京都東村山市栄町 2-22-28

電話 042-399-2180　振替 00190-3-93835

印刷所　株式会社シナノ

定価　本体2800円＋税

ISBN 978-4-8129-0775-7　Printed in Japan

いまは静かな時

呉貞姫《オ・ジョンヒ》

神谷丹路　訳

玄関のドアが開く。ほんの一瞬、細い腕が玄関とドアノブの隙間にかんぬきのように真一文字にひっかかる。ドアは、子供がその隙間をすり抜けると、小さな身を思い切り緊張させてあれだけ用心したことをあざけるかのように、いつも忌まわしい金属音をたてるのだ。だが今日の子供は、普段からは想像もつかないほどの敏捷さで素早くすり抜けたにもかかわらず、ドアはいちだんと派手な音をたててがちゃんと閉じた。

ヨンヒは、手にはめた赤いゴム手袋と目の前の石鹸の泡の溢れたたらいを見ながら、しばらくその余音に耳を傾ける。子供が置いたままの、ベランダに残されたコップの石鹸の泡は、小さな音をたてながらしだいに消え、不透明な水色になる。つい今まで頬を赤くし額に汗をかきながら、石鹸水をつけてはシャボン玉を吹き飛ばしていた子供の幻影が、ようやく消える。彼女が腕を摑んで部屋に引き入れなかったら、子供は日がな一日、日差しの強いベランダから工事現場の向こうに向かって、虹色のシャボン玉を飛ばし続けただろう。

逃げ出す子供の首筋を捕まえられなかったのは、手に握っている石鹸水をたっぷり含んだスポンジのせいだったのか。

ヨンヒはスポンジをガラス窓に押しつけ、力いっぱいこする。あふれる泡は埃を洗い流しながらしだいに白濁し、はやる気持ちを押し隠した足音は、階段を一段ずつ下りて遠ざかっていく。一日じゅう家に閉じ込められていたので、なんとか脱出したいという思いが、足音を忍ばせる知恵を授けたのだろう。

長く雨の降らない春に続いて、夏が始まっている。熱い乾燥した風は、焼けたガラス窓につぎつぎに赤茶けたまだら模様を作る。

階段を下りきってマンションの出口を出た子供は、何もない白い道の真ん中で、正午を指し示す日時計の針のように精一杯短くなり、どうしようかとためらうように、しばし立ちつくしている。

「ようやく静かになったな」

ハンスの声が居間から聞こえる。

「えっ、ええ、そう。キジュが出てったわ」

彼が眠っていると思っていたので、ヨンヒは少しあわてて応じる。

子供が出ていったことが、それが彼女にもたらしたまるで手に触れるような堅い静けさを、彼に悟られたのかどうか。キジュは決して騒がしい子供ではない。いつだって紙人形のようにおとなしい。早朝からずっと聞こえていたブルドーザーの音が、いつのまにか止んでいる

のに気づくと、彼女はこうつけ加えた。

「たぶん、お昼の時間なのね」

彼は部屋に寝そべっているので、ベランダのガラス窓にへばりついているヨンヒには、半ズボンから下の黒いすね毛の生えた足だけが見える。

彼女が睡眠と思っているものは、じつは瞑想なのかもしれない。丹田に力を込め、頭を空っぽにしてください。ビンの中に煙を吹き入れるように、どこまでも自分を解き放つのです。熱帯地方で罹った病気に、鍼術師《しんじゅつし》は吸い瓢《ひさご》療法と瞑想を勧めた。二カ月間の病気療養休暇は、あと三日を残している。

白く流れ落ちる石鹸水の不透明な膜越しに、子供もまた白くにじみながら遠ざかっていく。足元の短い影を引きずるように踏みながら、すっかり安心した足取りで、マンションの周りの金網の柵に向かってゆっくり歩いていく。

もどかしげな手つきでそそくさと石鹸水をふき取ると、土砂が剥き出しの工事現場とその向こうの削られつつある山が、ガラス越しに近づいてくる。

山は、背の低い松林や鬱蒼たるアカシアの茂みに身を隠した生き物の胴体のように見える。少し前まで、削られた山の断面の、みずみずしい鮮やかな色や、音もなく崩落する土砂が、まだ生きていて、今まさに魂が肉体から離れだしているように見えたりもした。まもな

く残されている山は完全に削り取られ、工事は始まった時と同様、突然終わりを迎えるのだ。そして……山よりも先に、山の記憶が消えるだろう。

ブルドーザーはエンジンを切り、工事現場の端に止まっているのに、眺めていると、山は氷が溶けるように、たえまなくそっと輪郭を崩しながら、小さくなっているような気がする。

静けさの中に、耳ざわりな調整音がいきなり飛び込んでくる。それは狭い部屋の中をたちまちいっぱいに満たす。眠っていなければ、ハンスが毎時間ごとのラジオの時報を聞き逃すことはめったにない。少し休ませてくれよ、と口癖のように言っていたにもかかわらず、二カ月間の病気療養休暇は、彼にとって幽閉にも似たものだったのだろうか。しかしラジオのニュースから、彼の期待している知らせが伝えられることはない。彼の焦燥と期待に、ヨンヒはしばし手を止め耳を傾ける。一時間前にすでに流された、たわいのないいくつかのニュースの繰り返しのあと、アナウンサーは春から続く日照りによる農作物の被害と、まもなく雨が降るだろうという気象台の発表を伝えている。だが空は青く澄み、雲は高く、雨の降る兆しは見られない。

ヨンヒは、すっかりきれいになったガラス窓の水気を、乾いた雑巾で拭う。

金網の柵の扉は、ずっとマンションの裏門の役目を果たしてきたが、今は幾重にも鎖が巻きつけられて、出入り禁止になっている。子供は懸命に手を伸ばして背伸びし、鎖をつかむ。

だが重く固い鎖の感触が、子供に何らかの記憶を思い起こさせたのだろう。すぐに扉を開けるのをやめ、数歩離れたところの金網の破れ目に向かう。ちぎられた針金が曲がって不格好に飛び出している破れ目を、小さな体を丸めながらすり抜けていく。巻きつけられた鎖が、子供の脳裏に何らかの痕跡を残したのは確かだ。出入り禁止になってからもうだいぶたつが、子供はあいかわらず、毎回、扉を開けるための虚しい試みをしては、開いている破れ目へと向かう。

「キージューッ！」

ヨンヒは子供を呼ぶ。しかし子供は、金網の柵のそばで手折ったアカシアの枝を振り、ちぎった葉を一枚ずつ吹きながら、工事現場を横切って行く。春、野山や窪地を覆ったタンポポの花がしぼむと、白い綿毛が風に吹かれて遠くでまた根を下ろすのだと教えてやると、子供はなんでもかんでも吹き飛ばすようになった。春、埃っぽい風のなかに飛ばし続けたタンポポやヤナギの綿毛は、今ごろどこで芽吹いているだろうか。

子供は、自分の足よりはるかに大きいハンスのサンダルをつっかけている。

昨日、子供は土砂の山の中に、片方の靴をなくして帰ってきた。そのために、山の整地工事が終わるまで金網の柵の外へ行ってはならないときつく命じられ、ついさきほどまで家に閉じ込められていたのである。

「工事中」という標示板を通り過ぎ、キャタピラーの跡が深く刻まれた轍を踏んで行く先は、昨日靴を無くしたあたりである。どこかに、まだ靴が埋まっているかもしれないと思っているのだろうか。二度とそこへ行ってはいけないと、まだふくらはぎに青あざが残るほど打たれた鞭の痛さを、もう忘れたのだろうか。

子供は、表土が乾いて白っぽい、今は平らに埋め立てられたかつての窪地を歩いて行く。昨日だったのか。白いアカシアの花を口にくわえ、窪地を通って登校する子供たちを、苦痛に歪んだ激しい嫉妬の眼差しで見つめていたのは昨日なのか、一昨日なのか、あるいはもっと前のことだったのか。

今年の冬、雪解け前に、市からやってきた三人の測量技師が、ほぼまる一日かけてマンションの前の野山や窪地を計測したり、カシャカシャとカメラのシャッターを切ったりしていたときも、誰ひとり、山を削り窪地を埋め立てるなんてことは予想していなかった。そしていざ工事が始まってしばらくたち、学齢になっても学校に通えない子供を連れて、金網の柵の外へ出掛けるようになった頃も、ヨンヒはまさかこうした事態を想像することはできなかった。窪地の坂道を降りると田の畦道が続き、学校へ通う子供たちとすれ違った。ヨンヒは、そう長続きはしなかったものの、草を摘みながら、子供に数や計算を教え、目に入るものの名前を繰り返し教えてやった。

青い稲に蜘蛛が夜なべで張った巣や、きらきら光る美しい朝露、畦道を疾走する自転車の白い車輪、森の中に身を隠して鳴く鳥のさえずりなどが、あの子の表情のない目に思いがけない生気を宿すことを、そして火口《ほくち》のような小さな輝きを灯すことを期待して。

それは、病気療養休暇で家で寝ているハンスの、「そういう子たち」だけを集めて教えているところへ通わせりゃいいじゃないかという、ますますひどくなる苛立ちから、しばし逃れるための方法でもあった。ハンスは、訓練を重ねれば生活の基本的なことはできるようになるんだし、子供と僕ら夫婦にのしかかっている人生の重荷を軽くすることができるんだから、と繰り返し説得しようとした。しかたないじゃないか。それなりに生きるすべを学んでいかなけりゃならんだろう。ハンスは臆面もなく言った。どういう子たちを？　ヨンヒはハンスの言葉を、自分の胸に響く耳慣れない声として感じ、怒りを抑えて反問した。だが実際、自分だって、世間を拒絶し世間への扉をかたく閉ざしたわが子について、何を知っているだろうか。

「キージューッ！」

声が、喉が、詰まり、子供のところに届く前に、土砂に埋もれてしまうと知りつつ、ヨンヒはわが子を呼ぶ。

山を削る工事が始まってから最初に金網の柵の外まで行った日、子供は割れた石片を数個

と、切り口に透明な樹液のにじむ、湿った木の根っこを手にして帰ってきた。土に埋もれていた石片は雲母《うんも》のようにきらきら光り、子供はそれを水槽に沈め、揺らめく光をいつまでも眺めていた。砂金でもすくうように手を入れてかき回しながら、心の中にさざめく光の模様を捕まえようとしていた。

次の日、子供はカエルを手に持って帰ってきた。カエルは、体じゅう乾いた泥にまみれて死んでいた。そのことでヨンヒは、窪地の下の田んぼが埋め立てられたこと、雨期が近づくと夜ごとうるさいほど鳴き騒いだカエルの鳴き声が、もう今年は聞かれないことを知った。

工事はいつから始まったのだったか。窓を開ければ柵のすぐ向こうの、丘と窪地がほどよく起伏をなす青々とした山に、大々的な整地工事が進行しているのが誰の目にもすっかり明らかになったころ、早朝の白い大気の中から聞こえてくる鈍重で威圧的なキャタピラーの音や、霧が晴れるとブルドーザーが巨大な排土板を陽光にきらめかせながら現れることに、そして引き寄せられたかのように突然目の前に現れた、ざっくりと削り取られた山の姿に、ああ、と思わず複雑な深いため息をついたのだった。いままであったものが忽然と消え去ることへの戦慄だったのか。昨日の風景がなくなるように、今日の実在もひとつの虚像であり、仮視現象かもしれないという疑念からだったのか。

だが山は、なだらかな稜線や、少しの雨にも赤い水の湧く窪地や、そして春には薄紅色の

わた雲のように花々の咲き乱れる果樹園の記憶を消し去りながら、ゆっくりと消えていった。いつのまにか人々は、小さくなった山や新しく立ち現れた工事現場が、以前からずっとそうだったように思えて、違和感を覚えることもない。今日の風景に目が十分馴じむように、そして昨日の山や、消えてなくなった部分が記憶の中から決して思い出せないくらい、変化は緩やかに、工事はゆっくり進行したからである。

工事現場は日ごとどんどん広げられていき、子供は点々と続く土砂の小山を通り過ぎ、うずたかく盛られた土砂の山に沿って、少しずつ遠くまで行くようになった。それから、自分の行った場所の証拠物をひとつずつ持って帰ってきた。四十日間の大洪水の後、方舟《はこぶね》から飛び立ったハトのように。虹のかかった大地からオリーブの葉をくわえてきて、ついには帰ってこなかったハトのように。

彼女に、子供の気まぐれな行動をすべて監視することなど、できはしない。色とりどりの房のついた小ぶりの馬の鞭を持って帰ってきた時、ヨンヒは、肩をぐいとつかんで揺すりながら尋ねたのだった。馬に乗ったの？　またあそこへ行ったの？　子供は、彼女に揺すぶられるまま大きな頭を前後に揺らすと、うつむいた。

金網の柵の扉を鎖で巻いて封鎖してからまだいくらもたたないころ、ヨンヒは子供を連れて、それまで行ったこともない遠くまで行った。どこからか立ち昇る煙に誘われてだった。

いざ、煙の上がるのが見えるところへ着いた時、ヨンヒの目にまっ先に飛び込んで来たのは、窪地の下のほうに、まあるく映った空だった。ちょっとした水たまりとでもいったほうがよさそうなほどの、しかし岩と植え込みでたいそう風雅な趣のある池が、まるで鏡のように空を映していた。そして松の薪の煙が濃く立ち込める粗末な小屋の庭先では、小さな老人が馬のたてがみを梳いていた。

子供に無言でせかされながら、荒い息遣いで足首にまといつく草を払いつつ坂道を下りて行くと、老人はきれいに梳いたたてがみをひとつかみずつ取り分けて、五色の絹の布を編み込んでいた。馬は、うつむき気味に首をそっと下げ、老人がやりやすいように静かに立っていた。窪地に立つ粗末な小屋の狭い庭に、馬の黒くて大きな図体はいかにもそぐわなかった。小屋もそうだった。スレートで覆っただけの、板を数枚打ち付けて作ったあばらやで、みすぼらしいことこの上なかった。

「動物もおしゃれを知ってるらしくてのう、おめかしが好きなんじゃ。とりわけ、こいつは好きじゃな。ちょっときれいにしてやると、誰かが自分に注目してくれると思って、一日中、身じろぎもせずに立ってるんじゃ」

庭の隅でじっと見つめているヨンヒと子供に向かって、老人は口を開けて笑った。坂の小道沿いのいびつな畑には、トウモロコシやトウガラシなどが十五センチくらいの丈にすくす

く、わりとよく育っていた。

　近くに人家はなかった。畑が耕され住居があるとはいえ、彼とおしゃれ好きの馬には、絵の中の風景のような非現実的な雰囲気が漂っていた。まるで香《こう》の匂い立つような端正な身なりと、彼と馬に労働の気配がまるで感じられないためだとあらためて気づいたのは、ヨンヒが家に帰ってからだった。

　色とりどりの絹の布でおめかしをした馬は、降り注ぐ陽光を見つめて静かに立っていた。尻や腹をさする主人の手つきに、老いた巫女《ムーダン》のように時たま身を震わせたりした。膨らんだ腹、高い尻、そして足を順々になでてやると、前足の堅い筋肉に刻まれた入れ墨の蛇の尾が、くねくねともり上がった。二本の前足から這い上がった二匹の蛇が、老人の体に絡みつき、まるで心臓のあたりで舌を突き合わせているかのようだった。

　子供は口をぽかんと開け、瞬きもせず馬を見つめていた。

「触れてみるかね?」

　老人が子供に話しかけた。老人に手を引かれ、子供は馬に近づいた。だが、大きな動物の信じられないような穏やかさは、かえって子供に警戒心を起こさせたのかも知れなかった。少し近づいては、あとずさりを何度か繰り返した。馬の輝きを失った弱々しい眼差しが、ちらりと子供を捕らえたが、すぐに気がなさそうに顔をそむけた。

いいわね、お前には無理なのよ。お前には心を通わせるなんて、無理なのよ。ヨンヒは胸の中でつぶやきながら、子供の手を引っ張ったが、子供は意外なほど強い力で、頑として動かなかった。老人が一握りの塩とニンジンを持ってきた。ニンジンを子供に手渡して言った。

「これを馬にやってごらん。きっとお前のことがわかる。すぐに仲良しになれるぞ」

老人の小さくて暗い目が、ずっと子供を見つめていた。自分の手を馬の口にやって塩をなめさせると、ちょっと油断したヨンヒの手からすばやく子供の手をとって、馬の背に乗せた。

「どうじゃね、すごいだろう」

子供が驚いて激しく手足をばたつかせたので、腹を蹴られた馬は鼻を鳴らし、ぴくっとたてがみを震わせた。

「何するんですの。怖がってるじゃありませんか」

ヨンヒはあわてて大声を出すと、抱きおろされた子供を胸に抱いた。

「馬という動物は、誰彼かまわず背に乗せたりはしないもんなんじゃ。気に入らなければ、蹴飛ばして振り落としてしまう。まあ、子供はたくさん乗せたから、そんなことはしないがね。あまりにも性格が荒いんでキンタマをとっちまったら、だいぶおとなしくなった。だがもう、今じゃ老いぼれちまって何の役にも立たなくなっちまった……」

悪びれる様子もなくそう言うと、老人は得意げに馬の背にさっと跨がった。彼が乗ると、

それまで繋がれていたかのように一歩も動かなかった馬は、真っすぐに首を上げ、悠々と歩みはじめた。狭い庭を一定の歩幅でいつまでもまわった。鞭と、永い間の訓練で身に付いた見えない円を決して外れることなく。窪地の坂を上っていくヨンヒと子供に向かって、彼は馬の背の上から叫んだ。また、遊びに、来るんだぞ。

帰る道すがら、もう子供の目には何も映らなかった。そして翌朝になると、ニンジンと一握りの塩を手に、金網の柵の穴を抜けて走っていった。

片方の足に泥の詰まった靴を履き、もう片方は裸足のまま帰ってきた時、ハンスは、小さな不注意が世の中を生きて行くのにどれほど致命的な失敗に繋がるかを、こんこんと説明してきかせようとした。それは、ひょっとするとハンス自身の、失敗や割りを食ってきた人生のことではなかったのか。二年間の海外勤務を終えて帰国した彼に、会社は休養を勧めた。きちんと期間の取り決めはしなかったが、療養のための休暇は通常、二カ月を超えることはなかった。だが休んでいるあいだに連絡をとろうと思っていた会社側からは、二カ月を三日残す今日まで、何の連絡もなかった。表向きは休養だが、実際は彼が海外勤務の間になくなってしまった部署の椅子を準備するための、人事上の自宅待機だろう、とハンスは受け流していたが、実際まる二カ月は、ほんとうに病気療養休暇になってしまった。熱帯地方で罹った頭痛と脱力症状で、二カ月をほとんど臥せって過ごしたのだ。

「そんなこと言っても、この子には難しすぎます。理解できませんわ」

ヨンヒはハンスのむだな努力を遮ると、片方の靴と裸足の足をかわるがわる指さしながら、子供のふくらはぎを打った。そして子供が、恐怖以外に何も感じないだろうと知りつつ、確たる教訓を与えるために、大きなスコップを手に、工事現場へと出掛けた。あいかわらずパワーシャベルの巨大なアームが土砂をすくい上げては、窪地の底へ勢いよく注いでいた。子供が自信なさそうに立ち止まったところに描かれている、わけのわからない線や丸——子供の閉ざされた意識の中にたえず浮かんでいる表象——それに、まる半日、日差しの中をひとりで盛り上げた砂山などをスコップで掘り崩しながら、ヨンヒは何度も、なくした靴が惜しいわけじゃないのよ、と言った。子供が、ちゃんと聞き取っているかどうかわからなかったが、自分の行為の裏側の本当の意味を伝えようとした。

しかし靴は見つからなかった。子供が遊んでいたあたりを、くまなく掘り返してみたが、靴はなかった。

「おかしいわねえ、どこにいったのかしら」

土砂の上では、どんな目印も無意味だった。いましがた掘った土が暑い日差しにさらされて、たちまち昨日の土と同様に乾いていくことに、彼女はかすかな恐怖を覚えた。時としてスコップは、必要以上に深くえぐった。まるで井戸のように深くなった穴に、子供を首の高

さまで下ろし、抱き上げて言った。

　こうして埋めちゃうこともできるのよ。そしたら誰にもわからないわ。いいわね。

　子供は顔をこわばらせて悲鳴を上げるそぶりをすると、身をよじった。

「あした、もう一度、探しに来ましょうか」

　ヨンヒはスコップを土に突き立てると、疲れ切った声で言った。ただ片方の靴を探すためだけだったら、これほど体力を消耗する必要がどこにあっただろう。明日になれば、靴を発見するのはいっそう困難になるのを、彼女は知っていた。土砂は夜の間にまるで水のように崩れ落ち、今日のスコップの跡や彼女の恐れ、苦しみ、不安の痕跡を消し去ってしまうし、朝になれば、土砂の完全な崩落と無表情と静けさの上に、彼女がとらわれている残酷な妄想は、いっそうくっきりと立ち現れてくるだろうから。

　新しい靴を買ってやらないのも、子供を外に出さないひとつの方法かもしれない、とハンスは言ったのだった。靴をなくしたことさえわかっていない子供に、そのふくらはぎを打ったのは、実のところ、彼女自身が自らの恐ろしい妄想を打ち払おうとして試みた、ささやかな方法だったのだ。

　ヨンヒはきれいに拭き上がった窓を、片方へ押し開ける。風が、箒でなでるように、ひとしきり工事現場を吹き抜けていき、子供はしばし、風のいたずらに足をとられまいと踏ん張

っている。

彼女の予想に反して、子供は昨日スコップで掘った場所をそのまま素通りして歩いて行く。工事現場の端まで行くと、ふくらはぎが、腰が、肩が、沼に沈んでいくように徐々に見えなくなる。巨大な透明な手が、あるいは工事現場の沈黙が、静寂が、すべての目には見えないものが、子供をゆっくり押しやっていく。首が沈み、黒い髪の毛が最後までかすかに見えていたが、ついにすっかり消えていく。

まだ埋め立てられていない窪地があるのか。子供を引き寄せるのは、畦道いっぱいに咲いていたタデやレンゲの赤い花の記憶なのか。

「キージューーッ！」

自分の叫び声が、限りなく静かな工事現場に、よりいっそう沈黙を際立たせるのを知りつつ、子供が目の前からいなくなったことが、地面に残された足跡さえじきに消えてしまうだろうという思いが、彼女にほとんど自暴自棄的な解放感をもたらし、子供の名を繰り返させる。

子供の消えた工事現場に、カブトムシのように這いつくばっていたブルドーザーが、騒々しい破裂音とともにエンジンを始動させ、いましがた付けられたばかりの足跡を、キャタピラーで深く踏み消しながら動き出す。そのとき、彼女は、迫っていた山が削り取られたため

広々と見えるようになったマンションの前の道を、こちらへ向かって歩いてくる見慣れた男の姿が目に入った。

「何が、できるんですか」

黒いビニールカバンを開け、アルコール綿の入ったビンと鍼筒を取り出しながら、鍼術師が尋ねる。ブルドーザーの音がいっそう近くから聞こえてくる。

「道路ができるか、建物が建つんでしょう」

ヨンヒにはあずかり知らぬことだったが、飛び交う噂話から人々が口々に無責任に交わす言葉を、そのまま口にする。

「景色がぶち壊しになりますなあ。これほど近くに緑が眺められたのも、なかなかよかったでしょうに」

「みなさん、それを、心配しています」

ハンスは上着を脱ぎ、ヨンヒと鍼術師の間に長く横たわり、目を閉じている。鍼術師はそれ以上しゃべらず、ハンスの背中をアルコール綿で注意深く拭く。暑い日差しの中を歩いて来たため、赤い顔のほてりはまだ冷めておらず、いつものようにボタンを首まできっちり留めた身なりが、いっそう暑苦しく見える。ハンスの背中には、うっ血の濃淡がハンコを押し

たように、隙間なく浮かびあがっている。二カ月にわたる吸い瓢療法の跡である。

鍼術師はしばらく思いに沈んだ顔で、ハンスの背中を見つめる。まもなく肩のあたりに、鍼を打ちはじめる。

「キジュは、どこへ行ったんだ？」

いきなりハンスが言う。

「遊びに行きました」

「遊びに？　どこで、何して遊ぶってんだ、あいつが」

「子供っていうのは、何をしたっておもしろいんですよ」

ヨンヒは小さなため息をもらす。

数回鍼を刺したところへ吸い瓢をあて、取っ手のポンプを押すと、血液が漏斗の形をした吸入具から、ガラスの筒の中に吸い上げられていくのが見える。吸い瓢を外したところは、花が咲いたようにまっ赤である。まもなく黒紫色のあざに変わるだろう。

「汚血が出ましたよ。ほら、色が濁っているでしょう。血がきれいになれば、病気はすべて治りますよ」

ティッシュを出し、慣れた手つきでガラスの筒についた血を拭いて、ハンスの前に差し出してみせたが、ハンスは曖昧に応じて顔をしかめる。

どの家からか、ドンドンと釘を打つ音が聞こえてくる。どこからか、赤ん坊の泣き声が聞こえてくる。鍼術師の清潔とはいえない手が、愛撫するように背中をなで、鍼を打つ場所を探す。ブルドーザーの音が近づいたかと思うと遠ざかり、また近づく。がらんとした工事現場に、ブルドーザーとパワーシャベルの鈍重な図体だけが、のろのろと動いている。日差しを受けた運転席はただぎらぎらと光っているばかりで、まるでひとりでに動いているかのようだ。太陽はかなり傾いたが、熱くなった地面は灰白色にきらめき、残された山や寂寞とした地面には、草木が虚しい希望のように生い茂っている。

脊椎に沿って鍼を打つたびに、ハンスは声を押し殺して口を開け、痛みを堪える。

オレンジジュースのコップのまわりに、ハエが一匹しつこく飛んでいる。手で追い払っても、それは、甘い味と人工甘味料の強い香りに誘われて、すぐ舞い戻ってくる。赤ん坊は泣き続けている。どこの家の赤ん坊だろう。暑さと眠気に癇癪を起こし、満たされない欲求をもてあましながら。赤ん坊のしつこい泣き声に、ヨンヒは、鍼術師の首を苦しそうに締めつけている赤いネクタイや、ニコチンで黄ばんだ指、清潔とはいいがたい爪、そしてズボンのふとももあたりのぴちぴちの皺から、目を離すことができなかった。オレンジジュースのコップの外側についた水滴が垂れて、ティーテーブルを濡らす。ヨンヒは垂れる水滴を見つめながら、誰か早くそれを飲んでくれないだろうか、という苛立ちに見舞われる。

「外へ出掛けなくなって、もう、だいぶたつでしょう?」

鍼術師がしゃがれた声で、誰にともなくたずねる。

「ふた月です、もうふた月も……帰国して以来、ずっと……」

だが、ヨンヒは言葉が続かない。ハンスが、あっ、と短く叫んだからだ。

「いかん、鍼が折れたぞ」

鍼術師は真ん中で折れた鍼を抜きながら、狼狽の色を浮かべる。彼はハンカチを取り出して額と首筋を拭う。いやあ、暑い。雨が降りだしそうですなあ。彼は暑さのせいにしているが、今日に限って、何かひどく動揺しているようすだ。彼は無免許の鍼術師なのである。医療法違反で刑務所暮らしをしたことがあるけれど、それは人を傷つけたわけではなくて、無免許で医療行為を行ったからなんですよ。人間のからだのなかが、まるで諸葛亮が天文占いをするように、よく見えるんだそうですわ。山中にこもって、修行生活もかなりしたそうですし。暮らしぶりも我われとは違って、女房を三人、同じ家に住まわせているのに、いったいどういう秘法を用いているのか、奥さん同士お互いにとても仲が良くて、夫によく仕えるんだそうですよ。紹介してくれた人の言葉を半信半疑に聞きながらも、彼を呼んだのはひとえに、治療費が安く、呼べばどこへでも来てくれるからだった。彼がちょっと立ち上がってトイレに行っているあいだ、ヨンヒは勢いよくほとばしる水の音を聞きながら、そっとハン

スに囁く。

「鍼を折ってしまって、あやうくたいへんなところだったわ。あやしいわよ。どう見ても、いかさま師よ。この暑い日に、ネクタイをきつく締めて背広のボタンひとつ外さないのを見ても、おかしいわ。やたらに健康な血を抜いてるだけじゃないのかしら」

「そんなことわかるもんか。でも、いまさら、どうするってんだ。あいつ、女房が三人もいるんだって？」

長く伸ばしたハンスの手が、すっとスカートの下に忍び込み、ヨンヒの尻を触る。トイレの水の音が止み、ヨンヒはすばやくハンスの手をどけて口をつぐむ。赤ん坊の泣き声があいかわらずしつこく聞こえる。長い昼間を我慢できずに、退屈さに耐え切れずに。赤ん坊の泣き声によって誘発された苛立ちと、夏の長い午後、何かぱんぱんに膨らんでいくもどかしさを、ハンスもまた同じように感じているに違いない。美しい花模様のように咲いていた背中の吸い瓢の痕跡は、暗い紫色に変色しはじめている。

「いかがですか。ちょっと、さっぱりしたでしょう」

鍼術師がたずねたが、ハンスは、え、ええ、と口ごもったまま、火照った眼差しでヨンヒを眺める。

むせかえるような風が吹き込んできた。だがそれは、いまもコップの回りをしつこく飛ん

でいるハエを追い払うことはできない。コップのオレンジジュースが、ひとつは半分くらい入ったまま、もう一つは口もつけられないまま、生ぬるくなって沈殿している。

「少し、よくなったんではは、ありませんか」

鍼術師がもう一度、哀願するようにたずねる。ヨンヒは、ふと、ブルドーザーの音が聞こえないのに気がつく。いまは、細い泣き声だけが、血と汗の臭いに満ちた静寂を、もてあまし気味に掻きまわしている。

ヨンヒが立ち上がると、ハンスは、どうしたんだ、という表情で上目づかいに見上げる。

「あの子を、さがしにいかなくちゃ。出てってから、だいぶたつもの」

日差しはまだ暑かった。ヨンヒはしばし金網の柵の前で、手をひさしのように額にあてて日差しを遮ると、太陽が斜めにかかる空を見上げる。ブルドーザーは止まり、さっきまで誰もいなかった工事現場に数人の人だかりが見える。ヨンヒは身を屈め、金網の破れ目をすりぬける。降り注がれる日差しのせいで、工事現場を歩いていること自体、彼女に無限の時間を歩いているような抽象的な感覚をもたらし、その感覚のために、足取りが少しぎこちなくなっているようだった。

子供が通っていったところに、おそらくあの子が吹き飛ばしたのだろうアカシアの葉が、小さくしおれて点々と落ちている。いち、に、さん、いち、に、さん、彼女は、歩いている

目的を忘れてしまうのではないかという不安を覚え、それをひたすら自分に言い聞かせるために、ひとつひとつ数えながら歩いていく。

ブルドーザーの止まっているところ、いましがた掻き取られたばかりの山の削り跡に集まっていた人々が、首を伸ばして後ろから分け入ってきたヨンヒのために、のろのろと場所をあける。彼らはほとんどが工事現場の人夫たちで、子供も二、三人混じっている。

彼らがのぞき込んでいるのは、暴かれた土の中から出現した、蓋の開いた大きな棺桶だった。周囲の土は、ほかの土とは明らかに違って、灰色を帯びていた。

「棺桶が出てきたんだ。あやうく、このまま、つぶしちまうところだった」

一人の男が、あとからやってきた彼女に、親切に説明してくれる。なんでまた、平土葬《ひらどそう》〔土饅頭を作らない埋葬〕なんかにしたんだか。他人の山に、無断で埋めたんじゃないのか。あれこれ囁かれる話をうわの空で聞きながら、ヨンヒは興ざめたように、白っぽい棺桶の中をのぞき込む。閉じ込められていた塵が陽光の中にゆっくりと舞い上がり、ゆらゆらと縄がほどけるように立ちのぼっている。

「遺骸が、文字どおり、こうして塵になっちまうとはな……数百年はたってるんじゃないか」

「棺桶を、かなり巧く埋葬したんだな。まったくどこも傷んでいねえ」

「偽墓《にせばか》じゃねえのか。他人の目を欺くための……」

はじめ口をつぐんだままだった人々は、薄れゆく塵ぼこりの中に、棺の内側の隅が次第に現れてくると、ため息のようにひとことずつ漏らす。

「酒を買ってこい。干し明太《ダラ》もな。ご先祖さまに出会ったんだから、供養しなけりゃな」

ヨンヒはそこから離れる。土の盛られたあたりをひとまわりし、工事現場を探してみたが、子供はいない。工事現場の端まで来て、はじめて土砂が降り注がれている窪地の下を見下ろしてみる。埋め立てられている土砂は、薄く漂う夕闇に覆われ、今にも何かが飛び出してきそうな生々しい色を帯びている。

サンダルの足跡は見えない。掻き消されてしまったのだろう。パワーシャベルの巨大なアームがぐるぐると旋回し、土砂を掻き取っては窪地の下へ降り注いでいる。窪地の底にぽつんと、まるでそれしかないかのように、丸い池が現れる。粗末な小屋は後方の壁まで土砂に埋もれ、まもなくすっかり埋まるだろう。ヨンヒは、あぶなかしい足取りで転げ落ちるように、坂を駆け降りる。土砂の中にまっさかさまに落ちる妄想から逃れようと、実際におおげさに足をばたつかせながら駆け降りる。子供は、帰り道がわかるだろうか。子供が帰るころ、自分の足跡はもう消えているだろう。

「うちの子、来ませんでしたかあ」

ヨンヒは、土砂がうずたかく積もった庭先にたどり着くと、声を限りに叫ぶ。子供は見えない。馬も見えない。パワーシャベルが、またひとたび、土砂を降り注ぐ。彼女の叫び声もまた、土砂の中に埋もれていく。

坂の畑が燃えている。老人が、トウモロコシの根元を野ネズミのようにちょろちょろ走る炎を見つめながら、力なくしゃがんでいる。まだ残っている薄明の中で、砂煙がかすかに立ちのぼる。

老人の背中の後方へ、夕陽が赤く沈んでいく。ヨンヒは、子供も見ただろう炎と沈みゆく赤い夕陽を、子供の目になって眺める。ここに来るまで、この瞬間を遅らせるために、子供が出ていってからずっと、なんと長くて不必要な遠回りをしてきたのか。

「おじいさん、うちの子、見ませんでしたかあ」

彼が振り向く。かつて一度やって来たことのあるヨンヒを、思い出した気配はない。

「この春、種蒔きをしたんじゃ」

彼が手を上げ、燃えているトウモロコシ畑を指さす。パワーシャベルのアームが頭上をぐるぐる旋回すると、粗末な小屋の屋根に土砂を思いきり降らせている。ヨンヒは降り注がれる土砂を避けて、つい庭の隅の老人のほうへ近づく。小屋と畑は、明日には、もしかしたら今夜中にも、すっかり埋め立てられてしまうかもしれない。

「馬が見えませんね」

ヨンヒは手で砂塵を払い落としながら、わざと何食わぬ顔であたりを見まわす。

「あいつは、駈けて行っちまった。土砂が上から降ってくるんで、びっくりしてな。わしは、馬が戻ってくるのを待ってるんじゃ」

彼が手を上げて、ぼんやりと虚空の一点を指す。

「うちの子、見ませんでしたか」

ヨンヒはほとんど必死にこらえながら、もう一度たずねる。そして彼が視線をそらす隙を与えないように、あわてて付け加える。

「言葉のしゃべれない子なんです。ここには、ほとんど毎日来ていたはずです。わたしはそれを、いいとは思っていませんでしたけど」

岩間にびっしり植えられたアマリリスの、尖った青い葉先が影を落としている池の水面には、白い花びらが浮かんでいる。腰を屈め花びらをすくうと、ヨンヒは老人の隣に並んで腰を下ろす。そして最初から、また話しはじめる。

「うちの子が言葉をしゃべれないのは、よくご存じですよね。昨日、靴をなくしたので、父親のサンダルを突っかけて出掛けたんです……」

子供には言葉がなく、その子がひとりで遠くに行ってしまい、彼女がどれほど大きな悲嘆

にくれているかを伝えるために、ヨンヒの両手は虚空をもどかしげに、左右に行ったり来たりする。

その間も、パワーシャベルは休みなく、屋根の上に土砂を降り注いでいる。というより、それはしだいに激しくなっている。

「たわけが。山を削って、いったいどうするというんだ」

老人が突然、怒った声を張り上げる。

「何か、目的があるんでしょう」

ヨンヒは彼の関心を引き寄せようと、やさしく返事する。

「八歳なんですよ。学齢になったのに、学校に通えないんですの。馬が好きで、ここへよく来ていたのは、それはうちの子がほかの子とは、ひどく違うからです。生まれてすぐのころに、ひどく患ったんです。お医者さんは、難産のせいだといいました」

片時も忘れたことのない、熱に浮かされた子供の瞳があらぬほうを向いたまま硬直し、泣き声の止んだ瞬間、それ以上泣かなくなった刹那の戦慄が、あらためて甦り、彼女は、時に抱きしめたくなり、時に遠ざけたくなるわが子への愛に、胸が締めつけられる。

「子供というのは、みんな、動物が好きなんじゃ」

老人は同情したように応じると、彼女のほうを見る。

「うちの子、どこへ行ったんですか。事故があった日から、私、恐ろしくてたまりませんでした。土砂の山に、小さな男の子が逆さに埋もれていた、あの事故ですよ。周りで遊んでいて、降り注ぐ土砂に、そのまま生き埋めにされたんです」

頭上をぐるぐるまわるパワーシャベルの音に挑むように、彼女の声がしだいに大きくなる。

「夜になっても帰ってこない子供を探して、その子の父親が見知らぬ家々の戸を叩いて山道をあちこち捜しまわっているあいだ、家のすぐそばの土砂の山に、逆さまに埋まっていたそうですよ」

老人は棒でトウモロコシの畝を突ついて、炎のまわりをよくすると、ヨンヒのそばにふたたび腰を下ろす。

「そうでしたわ。人々は、逆さまに埋まっていた子供を、まるで大根でも抜くように引き抜いて、髪の毛の泥を払いました。工事は一日、中断しました。子供たちはみんな、工事現場のまわりでちょろちょろ遊ぶのを厳しく禁じられましたし、少なくともあの現場の生々しさが親たちの脳裏から消え去るまで、家の中に閉じ込められたんですよ。私も、子供が外へ出られないようにしましたし、あの子の目の前で、金網の柵の扉を鎖で封鎖してしまったんですが、あの子は、何とかしてまた抜け出すようになったんです。でも、あれは私の心配性が高じてでっち上げた幻想かも知れません。本当にあった事件にしては、むごすぎます。あれ

は、本当にあったことだったんでしょうか」

「たわけが……」

老人は薄く迫る夕闇の中で、いっそう明るく燃えさかる炎を目で追いながら、同じ言葉を繰り返す。

「うちの子は、どこへ行ったんですか。教えてください。あの子は、おじいさんの年寄りの馬が好きなんです。いいえ、あの子が馬好きになるように、おじいさんがそう仕向けたんじゃありませんか。使えもしない馬の鞭を渡したりして。年寄りの馬なんかに、興味を持つような子じゃないんですよ」

ヨンヒは、涙がいっぱい溢れる目で老人を見つめながら、哀願するように言う。

「あの子は、今日、馬に乗ったよ。あんなに生き生きとした姿は、いままで見たことがない。よちよち歩きのころから馬に乗っていた。それからはサーカス団の小さな騎手をやっていたんだ。帽子をかぶりチョッキも着たから、ほんとうにあのころのようじゃった。あの子は、笑ったよ。初めて、笑ったよ」

「おじいさんの子供さんのことですか。死んだ子供の父親は、決してその場を離れようとはしないそうですね。雨でも降れば、すぐに地盤はゆるむし。結局のところ、強制移転させるつもりなんでしょうね。土地も私有地だし、権利を主張する法的根拠だってないでしょう

し」

「わしは、馬が戻ってくるのを、待っているんじゃ」

老人は相変わらずヨンヒを見ることなく、空惚《そらとぼ》けたことを言う。ヨンヒは、しかたなく腰を上げる。

「うちの子を見かけたら、すぐに家に帰るように言ってください。こんなに遅くまで、家の外にいたことなんてないんですから」

ヨンヒは靴の中の泥を払うと、もう足跡が見つけられないほど暗くなった、整地された工事現場のほうへ引き返す。

すっかり小さくなった山のあたり、棺桶のあった場所に、人々はまだ集まっている。空の棺桶をどうすべきか、話はまとまっていないようである。棺桶はさきほどと同様、黒い口を開けたまま置かれていて、ブルドーザーは山の反対側を崩している。

こんなに遅くまで工事をするのは、いままでなかったことだ。まもなく雨季が迫っているという天気予報のせいだろうか。空の棺桶のまわりを囲んでいた人々をつかまえて、ヨンヒはまた尋ねる。うちの子を、見かけませんでしたか。言葉のしゃべれない子なんです。自分の足より、ずっと大きなサンダルを履いてるんです。

人々は、いぶかしげにじろじろ彼女を見ると、首を振る。

整地された工事現場を足早にあとにしながら、ヨンヒはちらほらと明かりの灯ったマンションの建物のほうに目を向ける。人々が灯火を求めて、蛾のように集まってくる時刻だ。まだ明かりのついていない彼女の家の窓を見つけると、いつもと変わらず並んでいる空洞、小さな四角い窓のひとつ、自分たちの暮らしの無表情ぶりに慄然とする。

「どうして、こんなに遅いんだ。キジュは、どうしたんだ」

ドアを開けて部屋に入るヨンヒに、ハンスはたたみかける。

「見つからなかったわ。遠くまで行ったらしいの」

鍼術師が引き上げてから、だいぶたつようだ。残されたままのジュースのコップや、血液のこびりついた黒ずんだ脱脂綿などを、疲れ果てた仕草で片付けるヨンヒを、ハンスが呼ぶ。

「おい、こっちへこないか」

いつもの手招きと眼差しに、もう抑制しきれなくなっている彼の苛立ちを読み取りながら、ヨンヒはわざとゆっくり応える。

「これ、片付けないと」

「そんなの、あとにしろよ」

彼が手首をつかんだので、落ちたガラスのコップの破片が、鋭い音をたてて散らばる。

「あとで、片付ければいい」

「だ、だめよ。あの子がまだ帰ってこないのよ。キジュを探さないと」

「すぐに、帰ってくるさ、暗くなる前にな。いつも、そうだったろ。自分の家ぐらい、探せるさ」

そうだ、去勢した年寄りの馬に乗って、いったいどこへ行けるというのだろう。性急で荒々しい身体を受け入れながら、ヨンヒはつぶやく。

暗闇が部屋をすっぽりと包んで満たすまで、彼らは服もまとわず横たわっていた。遠ざかるブルドーザーの音を聞きながら、ヨンヒは言う。

「山を削っていたら、棺桶が出てきたそうよ。ところが、ミイラでも出てきたんなら、そんなに怖がったり驚いたりしなかったのに、空っぽだったんですって。びっしりと、塵しかつまってなかったらしいわ。怪談みたいね」

浅い寝息を立てて寝入っているハンスに応えはない。

汗ばんだ胸に重く置かれていた腕をおしのけ、ヨンヒは起き上がる。遠ざかっていったブルドーザーの音は、戻ってこない。立ち上がったまま、ヨンヒはしばし乱れた髪の中に両手を入れる。子供は、いったいどこにいるのだろう。自分は、子供が狂った馬に跨がってどこかへ走り去るよりも、むしろ、崩れる土砂の中に閉じ込められるのを望んでいるのではないのか。

窓から顔を出していたヨンヒは、思わず、あっと悲鳴をあげる。小さく残っていた山は忽然と消え、ぽっかりとあいた見慣れない平地が、突如、沈黙として感じられたのである。暗い工事現場の向こうのほうにかすかにちらつくのは、空の棺桶を守り、取り囲んでいる人々だろう。もはや誰ひとり、消えた山について口にはしない。土砂の中に逆さまに埋まった子供、そして夜になっても帰ってこない子供について、誰も口にしない。誰の責任でもない、誰にも関係のない、ただ沈黙しているだけの、砂塵のつまった空の棺桶について口にするのみだ。暗くなっていく工事現場の一点を穴のあくほど凝視しながら、ヨンヒは懸命に考えてみる。何がそこにあったのか。長い時間をかけてゆっくりと消えていきはしたが、結局はある刹那に、目の前から消え失せた山の姿は、いくら思い出そうとしても甦ってこない。

雨を含んだ湿っぽい風が、工事現場のほうから突然吹いてくる。まもなく雨季がはじまるのだろう。だがいまは、沈黙する時、ただ静かな時。

著者

呉貞姫（オ・ジョンヒ）

1947年、ソウル生まれ。ソラボル芸大文芸創作科卒業。68年デビュー。初期には身体障害と歪曲された官能、不安な心理などを主要モチーフに、他人と徹底的に断絶され孤独に生きる人物たちの破壊衝動を描いた。80年代以降は社会的に規定された女性の存在を超えて、本質的かつ根源的な女性性を探求している。主な小説集に『幼年の庭』『風の魂』『鳥』『火の河』『古井戸』など。李箱文学賞、東仁文学賞、呉永壽文学賞、東西文学賞、リベラトゥル賞（ドイツ）などを受賞。邦訳に「幼年の庭」、「影踏み」、『金色の鯉の夢』など。

訳者

神谷丹路（かみや にじ）

1958年生まれ。国際基督教大学卒業。出版社勤務を経て韓国語の翻訳に携わる。著書に『韓国 近い昔の旅―植民地時代をたどる―』『韓国の小さな村で 近い昔の記憶』（共に凱風社）、『韓国歴史漫歩』（明石書店）、共著に『お祭りと祝祭が出会うとき』（アドニス書房）、訳書に『よじはんよじはん』（福音館書店）、共訳に『太白山脈』全10巻（集英社）など。現在、法政大学・東京女子大学非常勤講師。

作品名　いまは静かな時

著　者　呉貞姫 ©

訳　者　神谷丹路 ©

*『いまは静かな時―韓国現代文学選集―』収録作品

『いまは静かな時―韓国現代文学選集―』
2010年11月25日発行
編集：東アジア文学フォーラム日本委員会
発行：株式会社トランスビュー　東京都中央区日本橋浜町 2-10-1
TEL. 03(3664)7334　http://www.transview.co.jp